OLTRE LE CENERI

UN RACCONTO DELLA SERIE CRIMINI NEL SUSSEX

ISABELLA MUIR

OUTSET PUBLISHING LTD

Pubblicato in Gran Bretagna

Da Outset Publishing Ltd

Prima edizione in italiano pubblicata Marzo 2022

Prima edizione in inglese pubblicata Dicembre 2018

Copyright © Isabella Muir 2022

ISBN 978-1-872889-44-3

www.isabellamuir.com

INDICE

'La nostra più grande gloria non sta nel non cadere mai, ma nel rialzarci ogni volta che cadiamo.'
Oliver Goldsmith 1730-1774

UNO

GIOVEDÌ, 5 SETTEMBRE 1940

RAGGIUNGERE QUALSIASI TIPO DI trasformazione richiede non solo abilità, ma anche molta pazienza e determinazione. Freda aveva l'abilità e molta determinazione, ma non sempre la pazienza. Anche se la compagnia di Phyllis aveva fatto la differenza.

Le tende ormai un po' sfilacciate intorno agli orli, potevano essere tagliate e ricucite per fare una camicia o una camicetta. L'oscuramento aveva fatto sì che le leggere tende di cotone non andassero bene. Ma sarebbero state una buona opportunità per realizzare una leggera camicetta di cotone per una bambina che era arrivata senza niente, a parte i vestiti che aveva indosso.

Freda spostò la pila di stoffe dalla sedia accanto alla sua in modo che Phyllis si potesse sedere.

"Ho portato il mio cestino da cucito, ci sono una varietà di colori, ma non sempre avremo i fili intonati per le cuciture."

"Nessuno guarderà il colore del filo, te lo posso assicurare," disse Freda.

"Ieri è partito un altro treno pieno?"

"La più piccola aveva solo quattro anni, aggrappata alla mano di suo fratello come se la sua vita dipendesse da lui, cosa che suppongo sia così in un certo senso."

Phyllis prese dalla pila un pezzo di tendina. "Con questo verrà un bel colletto o due e se la taglio proprio qui e la rifinisco potrei stiracchiarla per farne altri." Si concentrò sulla pezza per un momento o due e poi, "La città presto sarà vuota. Un minuto prima vengono evacuati qui per sicurezza, quello dopo scoprono che questo è il posto meno sicuro per loro. Tutto a causa degli incessanti bombardamenti."

In quel momento suonò la sirena antiaerea. Era come se i tedeschi stessero ascoltando la conversazione delle due amiche.

"Lascia tutto così com'è. Speriamo che sia ancora lì quando torneremo."

Phyllis seguì la sua amica nel corridoio e poi apriva l'anta dell'armadio che conduceva al seminterrato. Era già stata una volta nel seminterrato di Freda, solo tre sere prima, quando il precedente bombardamento aveva distrutto tre case nella strada vicina, insieme alla casetta degli scout. Alcune delle macerie dovevano ancora essere rimosse ed ora stava accadendo di nuovo.

"Non so dove mi sento meno al sicuro." Freda fece scivolare da una parte alcuni cappotti, scoprendo la botola che conduceva al seminterrato. "Questa benedetta scarpiera è sempre d'intralcio. Ogni volta che vengo qui mi riprometto che la sposterò e poi me ne dimentico." Spinse da parte la scarpiera e aprì il passaggio afferrando il fermo di metallo sulla parte superiore della botola. Quattro gradini di legno conducevano in un seminterrato che correva sotto l'intera casa.

"Devo chiudere la botola?"

Freda annuì. "Naturalmente, se la nostra casa viene bombardata, potremmo rimanere intrappolate quaggiù e potrebbero non pensare di cercarci." Il suo tono era un po' rassegnata.

"Ci sentiamo positivi, vero?" Entrambe le donne sorrisero dell'ironia della situazione, una scelta tra essere bloccate sottoterra o essere sepolte sotto un mucchio di macerie.

C'era abbastanza spazio per le donne per stare in piedi senza costrizioni, una finestra rettangolare, che finiva a punta, a livello della strada faceva filtrare una luce opaca, abbastanza da rompere l'oscurità ma non abbastanza per dare luce.

"Cosa farai ora che la casetta degli scout è distrutta?" Freda si era appollaiata su un piccolo sgabello di legno, dando all'amica l'unica sedia.

"Cercherò un'altra cosa migliore, suppongo. Ma con più bambini a cui insegnare, trovare un'aula abbastanza grande si sta rivelando un'impresa. Anche se ad essere onesti al momento non ci sono molti a cui poter insegnare in questi giorni."

Non c'era modo di sapere dove fosse caduta la bomba in quel momento, ma entrambe le donne sapevano che era stato vicino. Abbastanza vicino da far tremare le fondamenta della casa e frantumare il vetro della finestrella. Si tenevano per mano, stringendosi forte l'una all'altra, aspettando che il tremito si placasse. Non era solo la casa a tremare. Ogni esperienza era negativa come la prima volta; l'apprensione che cresceva dal momento in cui suonava la sirena, il terrore dell'esplosione, seguito dalla paura di chi avrebbe potuto essere ferito, o peggio ancora, ucciso.

"Troppo vicino... questa volta," disse Freda, avvicinandosi alla finestra rotta. "Non riesco a vedere niente da qui."

"Vieni via da lì. Se ce n'è un'altra..." Phyllis tirò indietro la sua amica. "Aspetteremo il via libera, poi potremo salire e scoprire il disastro."

Nessuna delle due contò i minuti mentre erano sedute tenendosi per mano e aspettavano. Non era il momento di conversare, ognuna era assorta nei suoi pensieri. Dopo il fragoroso rumore della bomba, il silenzio era quasi inquietante. Poi un rumore di passi, ma era difficile dire se il rumore provenisse da fuori, o proprio sopra di loro. Alla fine, la sirena annunciò il via libera. Fu solo allora che entrambe le donne si resero conto di aver trattenuto il respiro.

Freda fu la prima ad andare verso la botola. "Dai, torniamo di sopra. Ci meritiamo una tazza di tè caldo e forte."

Era in piedi sul gradino più alto e spinse la botola. "Non riesco a spostarla." La paura nella sua voce era appena camuffata.

"Ecco, lasciami provare." Phyllis scansò gentilmente la sua amica da una parte. Si stabilizzò sul gradino, con i piedi il più divaricati possibile, diede una spinta energica alla botola, ma non si spostò nulla.

"E se provassimo entrambe insieme?"

"C'e pochissimo spazio per stare entrambe sul gradino più alto."

Mettendosi d'accordo riuscirono a posizionarsi in modo che simultaneamente potessero mettere tutta la loro forza per dare una grande spinta. Ancora la botola impediva il passaggio.

"A che ora deve tornare il tuo Arthur?"

"Gli ausiliari dell'ARP non hanno orari regolari. Tornerà a casa quando avrà fatto tutto quello che può per aiutare chi ha bisogno di aiuto."

"Bene, in questo momento direi che siamo noi quelli."

"Si, ma lui non lo sa, vero?" La frustrazione della situazione, mescolata con la paura, portava inevitabilmente all'irritabilità.

"Potremmo chiamare dalla finestra, qualcuno dovrebbe sentirci." L'umore di Phyllis si era sollevato non appena aveva espresso il suo piano.

Freda fu la prima ad arrivare alla finestra. Era il crepuscolo ora, quasi nessuna luce filtrava nella cantina. Stettero in ascolto, sentirono un rumore di un'autopompa dei vigili del fuoco in lontananza. Là c'erano diverse voci, qualcuno che gridava ma le parole non erano abbastanza chiare da permettere loro di distinguere ciò che stavano dicendo. Freda avvicinò il più possibile il viso alla finestra rotta.

"Aiuto," gridò, facendo un respiro profondo e poi di nuovo, "Aiuto."

"Due voci saranno meglio di una. Pronta, conterò fino a tre."

Dopo diversi tentativi senza alcuna risposta dall'esterno, si fermarono.

"Hai sentito?" disse Phyllis.

"Cosa?"

"Qualcosa sopra di noi. Passi."

"Diamo un colpo alla botola, se c'è qualcuno in casa ci sentirà."

Tornarono rapidamente ai gradini di legno. Phyllis si tolse una delle scarpe e la batté ripetutamente sul lato inferiore della botola.

"Siamo quaggiù," gridò Freda, "nel seminterrato."

"Freda." Entrambe le donne riconobbero la voce del loro

soccorritore.

"Arthur, grazie al cielo. La botola è bloccata, non riusciamo ad aprirla." Freda aveva appena finito la frase quando la botola si aprì mostrando il volto di suo marito. "Pensavo che quando ho camminato lungo la navata il giorno del nostro matrimonio e ti ho visto lì in piedi, fosse il momento più bella della mia vita, ma penso che questo lo abbia appena superato."

"Quella vecchia scarpiera è caduta sopra la botola. Deve essere successo quando è tremato tutto dopo l'esplosione della bomba," disse a sua moglie, mentre le donne emergevano dall'oscurità.

Con il bollitore sul gas, Phyllis era ansiosa di sapere dove fosse esplosa la bomba. "Sembrava così vicino." La sua casa era alla fine di quella strada , dove forse non sarebbe potuta ritornare. Un'immagine le balenò nella mente, di tutti i suoi averi disseminati sulla strada, i suoi vestiti, i suoi mobili, i ricordi che aveva della sua cara mamma. "L'ospedale si è salvato? Vero?" Nessun bene sarebbe stato di conforto se fosse successo qualcosa ad Audrey.

"Ha distrutto una parte dei magazzini Wilson e tutto il davanti della macelleria Marley. Sul posto c'è un disastro terribile. Devo tornare subito lì per partecipare agli aiuti."

"Cosa ti ha fatto tornare qui?" Freda conosceva la risposta; i due erano legati da un filo invisibile.

Arthur baciò sua moglie sulla guancia. "Devo andare amore."

Quando le due donne tornarono nella stessa stanza per riprendere il lavoro di cucito, i loro pensieri erano altrove.

"Vorrai tornare a casa per essere sicura che Audrey sta bene," disse Freda, senza guardare la sua amica mentre parlava. Prese un cappotto di lana grigio scuro che era in cima al mucchio di materiale. "Guarda questo, non ricordo di aver visto questo prima, ma servirà per fare una bellissima gonna. Potrei anche ricavare un gilet dalla parte superiore. Cosa ne pensi?"

"Vado all'ospedale, ho detto ad Audrey di aspettarmi lì. È troppo giovane per andare in giro da sola durante l'oscuramento. Anche se la verità è che sono io ad essere la più ansiosa. Quella ragazza ha i nervi d'acciaio. Sei sicura che stai bene se ora me ne vado?"

"Vai. Starò bene."

Freda raccolse le tazze da tè vuote e le portò in cucina. Phyllis si era appena infilata il cappotto ed aveva preso il suo cestino da cucito, quando bussarono alla porta principale.

"Vado io, se vuoi," gridò all'amica.

Il modo di bussare alla porta d'ingresso era deciso ed insistente, e le faceva battere forte il cuore nel petto. Erano state ore difficili e non vedeva l'ora di essere a casa sana e salva con sua figlia. Ma il suo battito cardiaco aumentò quando aprì la porta e vide un poliziotto in piedi sulla soglia della casa di Freda. Il suo primo pensiero andò ad Audrey. Anche se non aveva senso che un poliziotto sarebbe andato a casa di Freda con la notizia di qualcosa che sarebbe potuto accadere o meno, alla figlia di Phyllis. Ma niente aveva senso in tempo di guerra.

"È in casa, la signora Latimer?" disse il poliziotto. Aveva un approccio formale, anche se conosceva queste persone da una vita.

"Freda è..."

Prima che potesse finire la frase, Freda era dietro di lei.

"Sergente Snow, che c'è? Non è per il mio Arthur, vero? È stato qui poco fa."

Phyllis prese la mano dell'amica, cercando di trasmetterle forza nel caso in cui il poliziotto fosse arrivato con la peggiore delle notizie.

"Posso entrare?" Il poliziotto si fece avanti senza aspettare un invito.

Le due donne seguirono il poliziotto lungo il corridoio e nel soggiorno. Era come se avesse preso il comando e loro fossero felici di lasciarlo fare.

"Non sono cattive notizie, vero Peter? Sarebbe meglio che tu le tiri fuori subito." Freda si aggrappò alla mano della sua amica così forte che Phyllis stava iniziando a perdere la sensibilità delle sue dita.

Il sergente Snow si guardò attorno nel soggiorno e Phyllis e Freda seguirono il suo sguardo. Poi si avvicinò alla pila di vestiti che erano su una delle sedie.

"Cos'è questo, allora?" disse, alzando il cappotto che Freda stava guardando appena qualche minuto prima.

"Un cappotto invernale."

"E dove lo avete preso?"

"Mi dispiace, non ti seguo." Freda si sentiva come se fosse caduta in un radiodramma in cui tutti parlavano una lingua straniera.

"Domanda semplice, signora Latimer. Quando ha preso possesso di questo cappotto?"

"Le persone donano i vestiti. Ne sei a conoscenza, sono sicura. È per aiutare coloro che hanno bisogno."

"Questo è un modo di vedere, suppongo." Il sergente Snow teneva ancora sollevato il cappotto.

"Peter, quello che dici non ha alcun senso."

"Io sono qui in veste ufficiale; i nomi di battesimo non sono appropriati."

"Ufficiale, in che modo ufficiale?"

"Saccheggio. Un negozio di abiti è stato bombardato. I vestiti sono scomparsi. Ora li trovo in una casa non molto distante ed io mi chiedo, come sono arrivati qui? Ha una spiegazione per me?"

DUE

AUDREY FROBISHER

IL GIORNO IN CUI finì la scuola, Audrey Frobisher aveva un obiettivo. In tutto l'ultimo anno di scuola da quando era stata dichiarata la guerra si era ripromessa di riuscire a conseguirlo. Appena compiuti i diciotto anni si sarebbe arruolata come ausiliaria nell'Aeronautica femminile. Il suo sogno era di diventare pilota di un caccia, per cercare vendetta per tutto ciò che stava accadendo alle persone intorno a lei. Nell'ultimo anno sapeva che soldati di Tamarisk Bay avevano perso la vita. Qualcuno doveva pagare.

Anche se mancavano quattro anni al suo diciottesimo compleanno e per allora la guerra sarebbe sicuramente finita. Nel frattempo, sua madre le aveva suggerito di andare all'ospedale St. Richard, dove cercavano volontari.

"Non voglio accudire gli ammalati" aveva detto a sua madre. "Se è quello che mi chiederanno di fare, dirò semplicemente di no."

Phyllis era abituata al fervore di sua figlia. Non fu sorpresa quando la spavalderia si era placata il primo giorno che aveva trascorso al St Richard.

Durante la cena, Audrey riferì gli eventi della giornata. "Mi hanno chiesto se mi piaceva scrivere," disse, ancora un po' perplessa per come era andata a finire la visita.

"Immagino che le registrazioni richiedano tempo, per essere completate. E con le infermiere così indaffarate..."

"No, non le registrazioni. Lettere."

"Lettere?"

"Si i soldati feriti hanno bisogno di aiuto per scrivere ai loro cari. Alcuni di loro hanno le mani fasciate, altri hanno perso la vista ad un occhio, o entrambi…" la sua voce si era affievolita come se il ricordo di alcuni pazienti incombesse nella sua mente.

"E tu gli sarai di aiuto?"

"Si, ascoltando attentamente le loro parole scrivendole."

"Una bella responsabilità. Sono orgogliosa di te, Audrey. Con te che gli parlerai non si sentiranno così soli. "

Audrey non avrebbe mai ammesso che la prima volta che era entrata nel reparto ed aveva visto gli uomini feriti, si era sentita scoraggiata. Una cosa era immaginare l'eroismo di un conflitto che stava accadendo lontano, ma vedere i risultati di ferite da schegge, colpi di arma da fuoco e attacchi di gas, le aveva fatto rivoltare lo stomaco. Si era chiesta se non sarebbe stato invece meglio offrirsi volontaria per lavorare nella lavanderia. Mai il pensiero di stirare e piegare le era sembrato così attraente.

Ma poi si sedette accanto al letto di un giovane soldato che aveva solo quattro o cinque anni più di lei. Aveva gli occhi bendati. Lei diede un colpo di tosse per avvertirlo della sua presenza.

"Io sono Audrey," aveva detto in un sussurro, nel caso lui stesse dormendo.

La sua reazione immediata fu di spostare un braccio da sotto le coperte. Facendo scorrere la mano sul lenzuolo, cercando il contatto. Se un ragazzo avesse fatto la stessa cosa a scuola, lei gli avrebbe dato uno schiaffo. Ma questo ragazzo era diventato un uomo il giorno in cui aveva indossato l'uniforme. Non era alla ricerca di un'emozione veloce, uno scortese palpeggiamento. Voleva sentire che non era solo. Audrey posò la mano sulla sua, "Come ti chiami?"

"John."

Non era solo John che poteva aiutare durante le sue visite in ospedale. C'erano Matthew, Fred e Tommy. Così tanti, ognuno con le proprie storie, le proprie paure e tristezze. Altri avrebbero cercato di andare in lavanderia, ma era qui che Audrey poteva fare la differenza ed era qui dove sarebbe rimasta.

Forse le ragazze in Germania stavano facendo la stessa cosa. Dopotutto, gli uomini tedeschi che stavano perdendo la vita non erano diversi dai soldati britannici. Avevano tutti genitori, persone care, amici.

Nei giorni e nelle settimane che seguirono Phyllis ascoltò mentre sua figlia raccontava ciò che le era stato detto e ciò che aveva visto. Doveva reprimere il suo istinto materno, il suo disperato bisogno di salvare sua figlia dalla realtà del conflitto, lo spargimento di sangue. Ma non c'era modo di sfuggire a tutto quello che era intorno. Solo una settimana prima in Milward Road era stata uccisa una madre, lasciando un bambino orfano. Suo figlio di tre anni stava giocando nel cortile sul retro ed un alto muro lo aveva protetto dall'esplosione. Ogni famiglia di Tamarisk Bay era stata colpita; se non era stato un parente ad essere colpito, era stato un amico o un vicino, nessuno si era salvato dalla tragedia.

Quindi quel giovedì, prima che Phyllis andasse a casa di Freda, era nella sua cucina, chiacchierando con Audrey preparando la cena.

"Eliminiamo l'ultima aiuola questo fine settimana. Avremo più spazio per le patate," Phyllis porse a sua figlia il tagliere. "Io le sbuccio, tu le tagli."

"Ci serve una capra, no più patate."

"Una capra?"

"Si, mi manca il formaggio e sono stufa di stare in coda per anni solo per prendere le nostre patetiche razioni. È a malapena un boccone.""

"Beh, non è possibile avere una capra. Ad ogni modo, se ne avessimo una, probabilmente finirebbe per mangiare tutto ciò che stiamo cercando di coltivare." Phyllis ignorò la faccia che fece sua figlia, che avrebbe fatto inacidire qualsiasi latte di capra. "Vado da Freda subito dopo il tè."

"Ancora cucito?"

"Ci sono molti che non hanno niente da indossare. I bombardamenti distruggono per alcuni ogni singolo bene, vestiti compresi. E prima che ce ne accorgiamo arriverà l'inverno e con le razioni del carbone…"

"Indosseremo così tanti strati che non saremo in grado di muoverci. Questo mi fa ricordare, mamma che credo di avere i geloni."

"Verrai con me da Freda? Il tuo modo di cucire non è perfetto, ma saranno sempre un paio di mani in più."

"Odio cucire."

"Non voglio che tu stia qui da sola. Preferirei che tu venissi con me." Phyllis conosceva sua figlia abbastanza bene da sapere che impartire un ordine avrebbe inevitabilmente incontrato un rifiuto. Di solito le dolci lusinghe avevano più successo.

"Andrò in ospedale."

"Di sera? Non ti vorranno lì a quest'ora."

"Orario di visita. E la maggior parte di quei poveri uomini non ha nessuno che li vada a trovare. Sarò più utile lì che cucire bottoni o scucire orli."

È per questo che, quando Freda e Phyllis erano andate nel seminterrato quel giovedì sera ed era caduta la bomba, era stata una consolazione per Phyllis che sua figlia fosse salva. Presumendo, ovviamente, che l'ospedale non fosse stato bombardato.

TRE

GIOVEDÌ POMERIGGIO E VENERDÌ MATTINA

CON LA CASA DI nuovo tutta per lei Freda sedeva in salotto fissando il fuoco. C'era abbastanza carbone per tenere vive le fiamme, ma non vedeva né le fiamme né i carboni ardenti. I suoi occhi erano aperti, ma la sua mente era concentrata sugli eventi delle ultime ore.

Il sergente Snow aveva raccolto le dichiarazioni sue e di Phyllis, dopo aver preso il cappotto incriminato, che aveva imbustato come 'prova'. Prova di cosa, le due amiche ancora non riuscivano a comprendere.

Non appena Freda aveva chiuso la porta d'ingresso dietro l'ufficiale di polizia, Phyllis aveva afferrato il suo cappotto dall'attaccapanni nel corridoio. "Devo andare a incontrare Audrey. Le ho detto di aspettarmi e sono molto in ritardo più del previsto. Starai bene?"

"Perché non dovrei?" Freda spesso era scontrosa, quando le cose non andavano come voleva.

"Non pensare più alla polizia. È tutto senza senso. Immagino che abbiano altre cose di cui occuparsi."

Una volta che Phyllis era uscita, Freda fece proprio quello che la sua amica le aveva sconsigliato di fare. Lei pensò molto all'inaspettata visita della polizia. Gli eventi di quella sera giravano nella sua mente.

Se solo avesse potuto ricordare da dove veniva il cappotto, chi l'aveva donato. Le persone erano generose con le loro cose usate, ma questo era nuovo di zecca e dava l'impressione che costasse parecchio.

Freda e Phyllis non erano le uniche a seguire i suggerimenti del governo di 'arrangiarsi ad aggiustare'. C'era bisogno di vestiti per le famiglie che avevano perso tutto nei bombardamenti e la maggior parte dei bambini che erano stati evacuati da Londra fino alla costa, erano arrivati senza niente, tranne una cartella di scuola e una targhetta con il nome. Non era solo il cucito che occupava le donne di tutta Tamarisk Bay notte dopo notte. Chiunque avesse un momento libero e un paio di vecchi maglioni di lana da sbrogliare, rielaborava gli oggetti scartati in guanti, calzini, sciarpe, persino passamontagna, molti dei quali venivano raccolti e inviati agli uomini al fronte.

Una delle storie più divertenti, che Freda aveva sentito di recente, era quella della sua vicina, Eva. Sembra che Eva stesse raccogliendo scarti vegetali per cercare di produrre abbastanza tintura per trasformare la lana di un vecchio maglione da color crema in una bella sciarpa e cappello rossi. Invece, tutto ciò che era riuscita a fare era trasformare il color crema in un orribile color pulce. Ma pulce o no avrebbe tenuto qualcuno al caldo.

"La prossima volta prova con le foglie del tè," Freda aveva detto alla sua vicina. "Funzionano a meraviglia, e qualsiasi tono di marrone è sempre meglio che il color pulce. Sebbene riflettendo, le bucce dei vegetali farebbero una buona minestra, sembra uno spreco usarle per tingere."

Ogni persona aveva la sua opinione su cosa fosse lo spreco.

Freda stette a fissare il fuoco per almeno un'altra ora e poi finalmente Arthur arrivò a casa. Sentendo aprirsi la porta sul retro si scosse dalle sue fantasticherie. Lo raggiunse in cucina.

"Togliti questi vestiti di dosso e dammeli," gli disse. "Posso appena vederti in viso, è ricoperto di...è fuliggine, o polvere di mattoni?"

"Un po' di tutto. L'intera Bridge Street, è un tale disastro Freda, ci vorranno anni per ripulirla correttamente."

"Hai fatto quello che potevi. Siediti lì e ti preparo qualcosa da mangiare."

"Solo una tazza di tè. Non ho appetito dopo quello che ho visto."

"Chi è stato colpito questa volta? No, non me lo dire."

Arthur scosse la testa. Da quando era stato arruolato per la prima volta nella Protezione Civile per i raid aerei, aveva giurato di non parlare con Freda del suo lavoro. "Teniamo la nostra vita tra queste mura il più normale possibile," le disse. In verità sapeva che nelle settimane e nei mesi a seguire avrebbe visto scenari che lo avrebbero tenuto sveglio molte notti. Descriverli a Freda li avrebbe resi ancora più reali. Abbastanza presto li avrebbe visti da sola.

"Almeno mangia un panino, non mangi da questa mattina."

"Tu stai bene?"

"Io?"

"Essere bloccata nel seminterrato non deve essere stato divertente. Devi esserti spaventata."

"Cosa è che ti ha fatto tornare?"

"Quando è suonato il via libera, ho detto agli altri che dovevo venire a controllare, assicurarmi che tu stessi bene."

"Menomale. Lo stesso per Phyllis. Poveretta era così preoccupata per Audrey. Fino ad ora non ho detto niente, ma penso che non è giusto che una giovane ragazza sia in mezzo ai soldati feriti."

"In mezzo come?"

"Oh, non farmi caso, sono solo un po' confusa."

Sorseggiarono il loro tè in silenzio. Freda pensava alle sue opzioni. Avrebbe dovuto dire ad Arthur della visita della polizia, ma avrebbe fatto poca differenza se avesse aspettato fino al mattino. Almeno suo marito avrebbe potuto avere la possibilità di dormire qualche ora. Pensava che non dovesse andare alla stazione di polizia quella sera, sebbene il sergente Snow aveva insistito per il contrario.

Dall'espressione atterrita negli occhi di suo marito poteva intuire che qualcuno era morto nell'esplosione della bomba. Forse più di una persona. Aveva dovuto già affrontare abbastanza per quel giorno.

"Un'altra tazza?" Versò altra acqua calda nella teiera e la mescolò, sapendo che era rimasta poca forza nelle foglie di tè.

Arthur scosse la testa. "Penso che me ne starò qui seduto per un po', a godermi l'ultimo calore del fuoco."

"Non crucciarti. Avrai fatto del tuo meglio."

"Vai su, non ci metterò molto."

Quella notte in casa Latimer non si dormì molto. Prima che facesse giorno Freda era scesa in cucina, a riempire il bollitore e metterlo sul fornello. Sapeva che Arthur sarebbe voluto uscire presto per continuare con la pulizia e lei doveva dirglielo prima che se ne andasse.

Lo sentì scendere le scale e versò il suo tè; quindi, mise una pagnotta e un po' di burro sul tavolo.

"Siediti, bevi il tuo tè e non ti arrabbiare," disse, non appena lui entrò in cucina.

Arthur sbadigliò e guardò sua moglie. Il corpo era sveglio ma la sua mente stava ancora lottando per svegliarsi. "Non fa niente se non c'è la marmellata. Mi andrà bene una fetta imburrata."

"Non sto parlando di marmellata. Ti devo dire una cosa che ti farà arrabbiare, ma devi stare calmo. Risolveremo la cosa tra di noi."

Lui si sedette sorseggiando il suo tè, aspettando che sua moglie continuasse.

"La polizia è venuta qui, ieri sera."

Lui la guardò con gli occhi ancora annebbiati dal sonno. Lei continuò, mantenendo la sua voce calma e pacata. "Volevano sapere di un cappotto."

"Un cappotto?"

Al momento poteva fare solo l'eco a sua moglie.

"Un cappotto è apparso sul nostro mucchio di aggiusti e Peter Snow lo ha portato via."

"La polizia è improvvisamente disperata da voler cercare qualcosa da aggiungere alla loro uniforme?" Il tentativo di Arthur di alleggerire l'atmosfera era stato inutile.

Sua moglie continuò. "Loro vogliono sapere come ne sono entrata in possesso."

"La gente dona continuamente. Freda, amore, devo prepararmi. C'è così tanto da fare oggi non voglio lasciarlo agli altri."

"Il fatto è che...vogliono parlarti." Versò i resti del suo tè nel lavandino, girando le spalle al marito. Sapeva che avrebbe fatto una raffica di domande, a nessuna delle quali lei poteva rispondere. Fece scorrere dell'acqua nel lavandino e, dandogli le spalle, gli spiegò il resto della conversazione che aveva avuto con l'ufficiale di polizia la sera prima. Anche se, in verità, era stata una serie di domande e di risposte piuttosto che una conversazione.

"E Phyllis?" chiese Arthur quando lei ebbe finito di parlare.

"Si, come tu sai Phyllis era qui."

"L'hanno interrogata sul cappotto?"

"Lei ne sa poco quanto me."

Freda ed Arthur andarono insieme, in silenzio, alla stazione di polizia. Freda poteva fare ben poco per calmare suo marito quando lei era altrettanto arrabbiata.

"Siamo qui per parlare di un cappotto," disse Arthur al poliziotto di turno.

"Un cappotto, signore?"

"Il sergente Snow è venuto a casa nostra ieri sera e ha portato via un cappotto e noi siamo qui per parlarne."

"E il vostro indirizzo è?" Il poliziotto sapeva l'importanza di essere meticoloso.

"23 Maple Avenue," Freda usò il suo tono più seccato. Si ricordava del giovane poliziotto quando aveva ancora i pantaloni corti.

L'ufficiale di turno cercò tra le varie note stese davanti a lui. " Se potreste aspettare qui, per favore."

Lo videro sparire lungo il corridoio, per riemergere pochi istanti dopo, seguito dal sergente Snow.

"Signor e Signora Latimer, se potete seguirmi, per favore."

Potevano essere cresciuti tutti insieme, essersi scambiati biglie nel cortile della scuola, ma ora Peter Snow indossava un'uniforme della polizia, con tutte le formalità che ne derivavano. La sua fronte aggrottata dava l'impressione che fosse sempre accigliato, cosa che in realtà forse era vero.

Una volta che i tre si furono seduti nella stanza degli interrogatori, c'era a malapena spazio per muoversi. Il sergente Snow si accomodò per primo, prendendo a calci il cestino della carta straccia, che qualcuno aveva inutilmente messo sotto il tavolo. I mozziconi di sigaretta si rovesciarono sul pavimento e Freda dovette trattenersi dal piegarsi per raccoglierli.

"Perché siamo qui?" Arthur non aveva intenzione di nascondere il suo disappunto. "Ho un lavoro importante da fare e anche tu."

Il sergente inarcò un sopracciglio. "Stia molto attento con il suo tono. Ricordi che sta parlando con un rappresentante della legge."

"E lei sta parlando con qualcuno che ha passato la notte scorsa a fare i conti con perdite reali, e non parlo solo di edifici."

"Ed è proprio per questo che siete qui."

"Perché sto aiutando la gente a riportare ordine nelle loro vite?"

"Perché sembra che non siano solo i danni delle bombe che debbano essere chiariti."

Freda guardò l'espressione dei due uomini. Gli occhi del sergente si strinsero ed il viso di suo maritò arrossì per la pressione sanguigna che aumentava.

Fu una mezz'ora dopo che Freda e Arthur uscirono dalla stazione di polizia. Il sergente aveva fatto vedere loro in modo deciso il cappotto, dicendo che il proprietario di Wilson aveva confermato che era uno dei loro. Arthur disse poco mentre sua moglie chiedeva una spiegazione sul motivo per il quale venivano interrogati.

"Un agente dell'ARP era stato visto mentre prendeva il cappotto, insieme ad altri vari articoli," annunciato il sergente Snow.

Mentre Freda ascoltava il sergente che spiegava la probabile sequenza degli eventi, ripensò a tutto ciò che ricordava della sera prima. Aveva sentito dei passi, ma poi Arthur le aveva portate fuori dal seminterrato; quindi, i passi dovevano essere stati i suoi. Qualcun altro avrebbe potuto portare il cappotto prima che arrivasse Arthur? Chi l'avrebbe fatto, e perché?

In piedi, fuori dalla stazione di polizia stava esponendo i suoi pensieri al marito, ma Arthur era così intenzionato a tornare il prima possibile al lavoro che la stava ascoltando a malapena.

"Non posso mettermi a pensare a questo ora. E neanche Peter Snow dovrebbe pensarci. Ci sono veri criminali da catturare, veri nemici da affrontare."

"Tu hai sentito cosa ha detto, lo sciacallaggio sta diventando un grosso problema. Devono stroncarlo sul nascere."

"Loro possono stroncare quello che gli piace, a patto che ci lascino fuori da questo."

"Andrò a parlare con Phyllis, per vedere cosa ne pensa."

Mentre Arthur si allontanava, lei lo chiamò. "Chiedi agli altri chi c'era ieri, guarda cosa ricordano."

Un'alzata di spalle fu la sua unica risposta, anche se non si era aspettata nient'altro.

QUATTRO

Venerdì, 6 settembre 1940

Mentre il sergente Snow stava interrogando Freda ed Arthur, Audrey stava conducendo indagini di tipo diverso.

Arrivò all'ospedale St Richard così presto che la caposala le disse che avrebbe dovuto aspettare almeno un'ora nel corridoio mentre gli uomini si dovevano lavare ed avere la prima colazione. Colse l'occasione per prendere alcuni appunti nel suo diario.

Quando l'avevano introdotta nel volontariato in ospedale, le avevano spiegato che non avrebbe dovuto passare più di mezz'ora con ogni paziente, per non mostrare dei favoritismi. Ma ogni volta che le infermiere lasciavano il reparto, lei tornava al capezzale di John. Non aveva niente a che fare con il suo aspetto; dopotutto, la maggior parte del suo viso era fasciata. Sì, era uno dei pazienti più giovani, ma anche Charlie Roper nel letto sei aveva quasi la stessa età. Era più perché John aveva l'abilità di farla ridere, era rimasta colpita quando gli era stato detto che c'era la possibilità che avrebbe perso la vista.

"Suppongo che dovrei tirarti su di morale," gli aveva detto durante la sua ultima visita.

"Lo fai. Da quando mi hai descritto il modo in cui la caposala si mette sull'attenti ogni volta che il dottor Taylor entra in reparto, ho la foto perfetta nella mia mente. Devo sforzarmi di non ridere. Infatti, l'altro giorno mi ha chiesto cosa avevo da ridere ed io ho fatto finta di avere il singhiozzo."

Audrey non si sarebbe mai aspettata che nel suo volontariato in ospedale fosse coinvolta da una tale giovialità. Mentre era seduta nel corridoio, aspettando il cenno della caposala che i pazienti erano pronti, dovette sopprimere una risatina.

Quando entrò nel reparto, il suo sguardo fu immediatamente attratto dal letto di John, costatando che era vuoto. La combinazione nell' avvertire che il suo stomaco si rivoltava ed il battito cardiaco accelerava la fece sentire male.

"Mi scusi." Si avvicinò ad una delle infermiere che stava portando via le ultime cose della colazione. "Jonathan Larch? Non è stato dimesso, vero?"

L'infermiera esitò un momento e in quel momento Audrey immaginò di stare in piedi accanto ad una tomba con in mano una sola rosa. Scosse la testa e si rese conto di non aver ascoltato la risposta dell'infermiera.

"Scusi?"

È stato mandato dallo specialista per gli occhi, il Dr Whitfield. Lui ha lo studio dall'altra parte dell'ospedale. Tu sei una delle volontarie, vero?"

Audrey annuì.

"William Harris, letto 4. Ha bisogno di essere tirato un po' su di morale. Gli è stato detto che ci vorrà un'altra settimana prima che possa essere dimesso. La sua gamba non sta guarendo così rapidamente come vorremmo."

William Harris sembrava dormire, ma non appena Audrey si avvicinò al suo letto aprì gli occhi, spaventandola un po'. Lui aveva più o meno la stessa età di suo padre, ma tutto il resto di lui le ricordava un pugile; guance arrossate, naso a patata e dita grosse come salsicce.

"Salve, io sono Audrey."

Lui la fissò, la sua espressione era un misto di diffidenza e disprezzo.

"E cosa pensa di fare la signorina Audrey seduta accanto al mio letto?"

"Io ho..." Cosa stava facendo? L'ultima volta che si era sentita così insignificante, così infantile, era stato durante il suo primo anno di scuola, quando Tommy Bevans l'aveva spinta sul prato.

"Preferiresti sbavare dietro al giovane John Larch." La sua voce burbera corrispondeva al comportamento.

"Scusi?"

"Ti ho guardato. Sgattaiolare al suo letto ogni volta che la caposala era distratta. Stai attenta, ragazza,"

"Perché dovrei stare attenta?"

"La mela non cade mai lontana dall'albero."

Per essere un rauco uomo sembrava avere un sacco di parola fiorite.

"Ti ha detto di suo padre, lo ha fatto?"

Diversi pensieri poco caritatevoli si incrociarono nella mente di Audrey, tutta l'antitesi di ciò che avrebbe dovuto fare nell'ospedale.

"Ho capito che le sue dimissioni dall'ospedale potrebbero essere ritardate. Vuole che scrivo a qualcuno per suo conto? Per fargli sapere come sta?"

Fu solo quando sentì la risata di William Harris che si rese conto quanto una risata può essere crudele.

"Posso scrivermi da solo le mie lettere. Non che la mia moglie sarà troppo interessata. Avrà un gigolò che la terrà al caldo la notte, se conosco la mia Jeannie."

Audrey arrossì suo malgrado e girò il viso dall'altra parte e così facendo vide il momento in cui John rientrò nel reparto, su di una sedia a rotelle spinta da un inserviente. Vide che le bende erano sparite dal suo viso, ma era tutto ciò che riusciva a vedere. Aveva riacquistato la vista? Non poteva dirlo da dove si trovava, e non poteva rischiare di avvicinarsi ulteriormente. Doveva uscire dal reparto prima che John la vedesse.

"Desiderosa di tornare da lui ora, immagino?" disse William, costringendola a voltarsi verso di lui. "Tutto quello che sto dicendo è di non lasciarti ingannare da lui. Tu sembri una ragazza abbastanza a posto."

Lei pensò tra sé la risposta prima di aprire la bocca. Tutto quello che avrebbe voluto dire era "Si faccia gli affari suoi," o "Cosa le fa pensare di conoscermi," ma l'avrebbero cacciata fuori dall'ospedale perché insolente. Invece disse, "C'è qualcosa che posso fare per lei, prima che vada via?" Fece un sorriso forzato che venne fuori come una smorfia.

"Solo chiedigli del padre," disse William e con questo chiuse gli occhi. E con questo fu congedata.

CINQUE

VENERDÌ, 6 SETTEMBRE 1940

PHYLLIS STAVA STIRANDO QUANDO arrivò Freda e fu lieta di avere un motivo per fermarsi. Con il tè fatto, ed il fuoco alimentato con altro carbone, Freda raccontò gli eventi della stazione di polizia.

"Perché Peter Snow non ti dice perché sospetta di Arthur? C'è un testimone? Se è qualcuno di Tamarisk Bay, allora noi lo conosciamo. In un batter d'occhio andrò da lui, e gli dirò quello che penso.

"Sarà un semplice caso di qualcuno che giudica le cose dal lato sbagliato. Immagino che abbiano visto Arthur aiutare a portare via le macerie."

"Va tutto bene, ma perché accusarlo di essere un ladro? Questo non ha senso."

"Niente di quello che fa la polizia ha un senso per me. Si lamentano di essere a corto di personale, con tutti gli uomini fuori a operare e perdono tempo a seguire il furto di un cappotto invernale."

"È proprio così, per quanto ne sappiamo può non essere affatto rubato. Se riusciamo a capire chi l'ha donato, allora Arthur sarebbe fuori dai guai."

"Parli come se avessimo bisogno di dargli un alibi. Il mio Arthur non ha fatto niente di male. Passa le sue giornate e anche alcune nottate cercando di aiutare la gente e questo è il ringraziamento che riceve in cambio."

Il calore del fuoco era confortevole, ma non abbastanza da far arrossire il viso di Freda come se fosse un papavero.

"Versiamoci altro tè."

Nel momento in cui Phyllis andò a riempire il bollitore, si spalancò la porta sul retro ed irruppe Audrey, cogliendo entrambe le donne di sorpresa. Prima che Phyllis potesse dire una parola, sua figlia la superò e corse di sopra nella sua camera da letto.

"Oh," disse Freda. "Sembra come se qualcuno abbia perso qualcosa e non l'abbia ritrovata. Sarà meglio che tu vada da lei?"

Phyllis scosse la testa. "Le ragazze adolescenti è meglio lasciarle da sole quando hanno la faccia imbronciata. O almeno è questo che ho scoperto."

Una volta nella sua camera da letto, Audrey camminò in su e giù. Fermandosi di tanto in tanto a guardarsi nello specchio della toletta. Durante il percorso di ritorno dall'ospedale i suoi unici pensieri erano che era troppo giovane per ricevere attenzioni da John. Era anche troppo scialba. Non aveva gli zigomi alti e il naso preciso che avevano le sue star del cinema preferite, né la pelle di porcellana. Infatti, con suo grande orrore, negli ultimi mesi aveva avuto due attacchi di acne, che si diffondeva su tutta la fronte ed il mento. Teneva la frangia a spazzola in avanti nel vano tentativo di nascondere i brufoli infiammati sulla fronte, ma non c'era niente che potesse fare per coprire i segni sul mento. Ed ora che a John avevano tolto le bende, lui avrebbe visto tutti i suoi difetti. Per un momento il pensiero che le attraversò la mente fu che sarebbe stato meglio se lui non avesse riacquistato la vista. Poteva rimanere una voce misteriosa, come un'attrice della radio, senza avere la paura di essere criticata per i vestiti che indossava o per il suo aspetto. Ma da quando aveva avuto quel pensiero, sentiva addosso tutto il peso del senso di colpa.

Fu solo quando si distese sul letto, fissando il soffitto, che ricordò ciò che le aveva detto William Harris. Era altrettanto probabile che fossero le divagazioni di gelosia di un vecchio.

Eppure...la prima volta che aveva aiutato John a scrivere una lettera, gli aveva chiesto come volesse iniziare. 'Cari mamma e papà o madre e padre?'

"Cara mamma," le aveva detto, con un'allusione a qualcosa nella sua voce. Qualcosa che lei non poteva allocare. In quel momento si era rimproverata di non essere più consapevole; naturalmente suo padre era a combattere, forse anche ferito o peggio. Non era compito suo spingerlo a parlarne e John non si era mai sentito di spiegare. Da quel momento in poi, durante ogni visita, dettava lunghe lettere per sua madre. Audrey era affascinata da come avesse così tante cose da dire, nonostante fosse rimasto per settimane in un letto d'ospedale e prima ancora avesse visto il peggio di un'orribile guerra.

Le sue lettere non parlavano dei combattimenti, né del dolore e della frustrazione che doveva aver provato per non essere in grado di vedere. Invece, chiedeva a sua madre di condividere tutte le sue notizie. Era ansioso di sapere come se la cavava con il cibo, ora che le razioni erano state tagliate, come se la cavava con il suo lavoro. Da entrambe le domande di John e le risposte di sua madre Audrey si era fatta un quadro della situazione. Aveva appreso che la signora Larch aiutava a gestire delle docce mobili e un servizio di lavanderia in Brighton. Faceva parte di una squadra di quattro persone che gestivano un camion che un tempo era utilizzato dai vigili del fuoco. Il veicolo era stato trasformato suddividendolo in tre scompartimenti, con spogliatoi per cinque persone a ciascuna estremità, con la doccia al centro. Il team si era istallato vicino alle scuole, aiutando i bambini a fare la doccia sotto la supervisione dei loro insegnanti.

Audrey era rimasta affascinata dall'idea e l'aveva descritta a sua madre, ma Phyllis era così scettica sul fatto che una cosa del genere fosse possibile che finirono per discutere. Audrey aveva giurato di non raccontare mai più nulla a sua madre.

Appoggiò la testa sul cuscino e si tirò su il copriletto sui piedi emettendo un profondo sospiro. Non ci sarebbero state più lettere da scrivere o aneddoti divertenti da leggere a John. Adorava guardare il suo viso allargarsi in un sorriso che gli faceva arricciare le bende ai lati del suo viso. Se avesse potuto vedere di nuovo, avrebbe scritto da solo le sue lettere, non aveva più bisogno di lei.

"Posso entrare?" La voce di Phyllis dietro la porta della camera da letto la riportò al momento.

"No," disse, senza nascondere la sfida nella sua voce. Sua madre avrebbe voluto sapere tutti i perché e percome e poi avrebbe fatto tutte supposizioni sbagliate.

"Sto entrando comunque."

Audrey mormorò qualcosa sottovoce, che Phyllis decise di ignorare mentre accostava una sedia al letto di sua figlia. "Hai intenzione di dire quale è il problema?"

"Perché dovrebbe esserci qualcosa che non va?"

"Ti sei guardata allo specchio? Una faccia del genere mi dice che c'è qualcosa che non va."

Audrey si strinse nelle spalle, spinse via il copriletto, girò le gambe e si sedette sul lato del letto. "Sto pensando di dare una mano con il piano di salvataggio."

"Come ausiliaria come in ospedale? Sarai molto impegnata, ma se va bene per te, se ne sei sicura."

"Invece di ausiliaria in ospedale. Loro non mi vogliono più."

Phyllis ricordava la propria adolescenza abbastanza bene da riconoscerne i segni. Era più che probabile che sua figlia avesse deciso di innamorarsi di un ragazzo e che fosse successo qualcosa che l'aveva lasciata delusa. Sarebbe stata la prima esperienza di cuore spezzato per Audrey, ma sua madre era certa che non sarebbe stata l'ultima.

"Freda era qui poco fa." Era consolidato che parlare delle disgrazie altrui era un soggetto più sicuro. "Arthur sta avendo dei problemi con la polizia."

Audrey inarcò il sopracciglio. "Il signor Latimer nei guai con la polizia? Bene è qualcosa che non avrei mai pensato di sentire."

"La polizia ha preso un granchio, qualcosa a che fare con un cappotto che è scomparso dai Magazzini Wilson. Ma dobbiamo fare il possibile per aiutarlo a venirne fuori."

"Noi?"

"Freda ed Arthur sono nostri amici. Inoltre, ero lì da Freda quando è passato il sergente Snow. Proprio ieri sera."

"Ah. Se possiamo dimostrare che il sergente Snow si sbaglia, allora sono d'accordo. Non l'ho mai perdonato di avermi accusato di taccheggio quel giorno. Ti ricordi mamma? Era il mio sesto compleanno. Il signor Gage mi aveva dato una manciata di caramelle ed il sergente Snow era convinto che le avessi rubate."

"È stato un malinteso. Non serve a nulla nutrire rancore. Il sergente Snow sta solo cercando di fare del suo meglio per proteggere la nostra comunità. Non deve essere facile con tutto quello che sta succedendo."

Ma il ricordo di Audrey della sua indignazione di otto anni prima servì solo ad alimentare la sua determinazione.

"Chiederò in giro," disse afferrando un maglione dal gancio sul retro della porta della sua camera da letto.

"Qualunque cosa tu faccia, sii educata e fai attenzione alle buone maniere."

"Come sempre," disse, abbracciando sua madre prima di correre fuori dalla sua camera da letto e pochi istanti dopo dalla casa.

C'erano un paio di strade che Audrey poteva prendere per andare da casa sua a Bridge Street. La scorciatoia da Warren Road a Bexley Avenue era stata quasi completamente bloccata a seguito di un recente bombardamento, quindi scelse il percorso più lungo, passando oltre la casa dei Latimer e attraversando il cimitero. Si era abituata a vedere le conseguenze di quelli che sembravano bombardamenti indiscriminati dentro e intorno a Tamarisk Bay. In questi raid 'mordi e fuggi ' i tedeschi sganciavano tutte le bombe rimaste dai blitz su Londra prima di tornare sulla Manica.

Aveva pensato che un giorno avrebbe dovuto condividere la sua camera da letto con un bambino evacuato, ma ora sembrava che i bambini venissero mandati in campagna. La costa non era più un posto sicuro.

Uscendo dal cimitero vide la sua prima devastazione che era Bridge Street. Anche se era alla fine della strada che era stato subito il colpo peggiore, c'erano macerie di mattoni, detriti di vetro e legnami sparsi per tutta la lunghezza della strada. L'aria era densa di polvere; lei poteva sentirlo.

I Magazzini Wilson erano al centro di una piccola fila di negozi che includevano l'edicola di Gage, il negozio di biciclette di Parry e la macelleria di Marley. Fuori dalla macelleria alcuni uomini stavano lavorando insieme, tentando di sollevare diversi tronchi pesanti che erano caduti su un furgone per le consegne. Lei stette un po' a guardarli, notando altri individui che cercavano tra i vari mucchi di detriti. Forse stavano cercando le proprie cose, un residuo di una casa che non c'era più. Sentì una stretta allo stomaco quando si rese conto che forse stavano cercando delle persone; cadaveri che potevano essere lì dalla notte ancora non estratti.

"Ehi," una voce la riportò al momento. "Ci dai una mano?" Due donne stavano cercando di rovesciare quelli che sembravano essere i resti di una credenza. Mentre Audrey si mosse per aiutare, un uomo si unì a loro e con ogni persona che aveva afferrato un angolo riuscirono a raddrizzarla. L'unico sportello rimasto si staccò dai cardini e fuoriuscirono stoviglie, piatti, tazze, piattini che rotolarono lungo la strada aggiungendosi al resto di cose rotte della vita di qualcuno.

"Grazie," disse una delle donne. "Tu sei Audrey, vero? La figlia di Phyllis."

La comunità affiatata di Tamarisk Bay era stata portata ad essere ancora più unita nel combattere i cambiamenti che erano avvenuti nella città dallo scoppio della guerra. Audrey sapeva che non c'era molto che potesse essere tenuto segreto, che era esattamente questo ciò che l'avrebbe aiutata a scovare la verità sul cappotto.

"Signora Marley." La moglie del macellaio di solito stava in piedi dietro la cassa ad aspettare di prendere i soldi ed i buoni per la carne, ora era qui con il cappotto e la sciarpa, a raccogliere mobili rotti.

"Il suo negozio," disse Audrey, iniziando a capire le implicazioni di ciò che stava vedendo.

"È andata solo la parte anteriore. L'esplosione ha frantumato la vetrina."

"E lei ? E il signor Marley? Tutto bene?"

"Solo scioccati. Eravamo entrambi di sopra avevamo chiuso solo mezz'ora prima che fosse colpito, altrimenti sarebbe stata tutta un'altra storia."

"Qualcuno era..." Non riusciva a pronunciare le parole.

La signora Marley scosse la testa. "Meglio non pensarci adesso. Stai andando in ospedale vero?"

Audrey non aveva mai visto un cadavere. Alcuni dei pazienti dell'ospedale sembravano vicini alla morte; quelli che giacevano sui loro letti, immobili, insensibili. Non c'era niente di pacifico nel loro aspetto e non ci sarebbe stato nulla di pacifico in qualcuno la cui fine sarebbe stata causata da un soffitto o da un muro che cadeva su di loro. Lei non voleva pensarci. Il suo pensiero andò a John. Era stata in grado di dimenticarlo per almeno un'ora, ma ora incombeva nella sua mente. Non gli aveva mai chiesto se aveva visto qualcuno ucciso. Immaginò che doveva averlo fatto. Dopotutto, quello era il punto centrale di questa stupida guerra, i militari stavano uccidendo o evitavano di essere uccisi loro stessi.

"Non avvicinarti." Non riconobbe l'uomo che le stava parlando. Aveva dato il comando prima di riuscire ad addolcirlo con "Non vogliamo che tu inciampi adesso, vero?" Audrey era certa che pochi minuti prima lo aveva visto chinarsi, raccogliere qualcosa dalle macerie e metterselo in tasca.

"Sono venuta a parlare con il signor Wilson," disse, dirigendosi verso il gruppo di persone che erano al lavoro in fondo alla strada. La zoppia del signor Wilson stava rendendo il suo compito più difficile mentre trasportava bracciate di detriti verso una carriola vuota. La signora Wilson era lì, spingendo un'altra carriola piena. Audrey immaginò che sarebbe andata a scaricarla in un pezzo di terra incolta che si trovava alle spalle di Bridge Street. Dopo pochi minuti, la signora Wilson tornò, scambiò la sua carriola vuota con quella del marito piena. Mentre guardava assorta, si ricordò che era lì per parlare con il signor Wilson. Se era stato lui ad accusare il signor Latimer di furto, allora come poteva ora lavorare al suo fianco. Fu solo allora che Audrey si rese conto che il signor Latimer non c'era. Non era al suo solito posto nella squadra dei soccorritori, non si vedeva da nessuna parte.

"Dove è il signor Latimer? Non è ferito vero?" Una breve immagine le balenò nella mente, lei in ospedale seduta accanto alla signora Latimer mentre la confortava. Scacciò i suoi pensieri.

"Gli abbiamo chiesto di tornare a casa. Non è il benvenuto qui."
Era lo sconosciuto di prima che parlava, le sue lunghe basette scure
e le sopracciglia folte lo facevano sembrare più vecchio di quanto
doveva essere. Lui la guardò torvo, mentre il resto degli operai si
voltava ad osservarlo. Era difficile leggere l'espressione sulle loro
facce, ma lui sembrava avesse preso il sopravvento. Potevano essersi
sentiti a disagio a seguire il suo esempio, eppure era come se avessero
acconsentito a farlo.

"Cosa vuol dire che non è il benvenuto? Lui è direttore dell'ARP,
è il suo lavoro aiutare le persone." Audrey si sollevò per stare in
piedi quanto gli era consentito con il suo metro e sessantacinque
assumendo una posizione di sfida.

"Faresti meglio a tornare a casa, Audrey, questo non è posto per
te." Questa volta era la signora Wilson a parlare, un'istruzione chiara,
impartita con tono rassicurante.

Non era passato tanto tempo da quando Audrey avrebbe pestato
i piedi, mostrando la turbolenza di una bambina. Ma il tempo della
sua infanzia era finito. Sostenne lo sguardo dello sconosciuto finché
non fu lui a distogliere lo sguardo. Avrebbe voluto essere abbastanza
coraggiosa da affrontarlo per chiedergli cosa fosse che si era messo in
tasca. Invece, si voltò lentamente e si allontanò dal gruppo, sentendo
i loro occhi che la seguivano finché non raggiunse la fine della strada.

Tagliando di nuovo per il cimitero si diresse verso la casa dei
Latimer. Sua madre le avrebbe detto di non interferire, ma adesso
era in missione, determinata a scoprire la verità.

Freda le aprì la porta con un'espressione di speranzosa attesa sul
viso, che divenne immediatamente delusione quando vide chi c'era
sulla soglia.

"Audrey." l'affermazione non offriva incoraggiamento, e non
sembrava un invito ad entrare.

"Posso entrare? C'è il signor Latimer? Ho bisogno di parlargli."
Lei non aveva un piano quando aveva bussato alla porta. Qualunque
cosa succedeva ora doveva essere improvvisata mentre proseguiva.

Freda aprì un po' di più la porta, si fece da parte e fece cenno ad Audrey di seguirla in cucina, dove il signor Latimer era seduto sorseggiando una tazza di tè.

"Non è un buon momento per noi ora, Audrey," disse Freda. "Non c'è nessun problema con tua madre, vero? Sta bene?"

"Sono stata in Bridge Street. Lei non era lì ad aiutare a ripulire." Diresse la sua affermazione direttamente ad Arthur, quindi fece una pausa. Lui stava guardando giù, fissando il tè freddo, ma ora rialzò la testa e la guardò direttamente.

"Quello non è un posto per te. Faresti meglio a tornare a casa. Tua madre sarà preoccupata per te."

"Perché lei non era lì?"

Lui ammirò la sua perseveranza. "È complicato."

"Ha qualcosa a che fare con un cappotto rubato?"

"Arthur ha ragione," disse Freda. "Questa non è una cosa in cui ti puoi immischiare. È meglio che tu vada a casa. Dì a tua madre che verrò a trovarla più tardi."

"Perché la polizia pensa che lei abbia rubato il cappotto?" Non avrebbe lasciato perdere. Il signor e la signora Latimer erano brave persone, meritavano di meglio. "Il sergente Snow si è sbagliato. Non è la prima volta che salta a conclusioni errate."

"Sembra che ci siamo trovati una utile alleata." Freda sorrise e prese una tazza ed un piattino dalla credenza. Era pronta a combattere da sola per dimostrare l'innocenza di suo marito, ma la figlia di Phyllis aveva una scintilla di coraggio che a Freda le ricordava sé stessa a quella età.

Davanti a tazze di tè appena fatto Freda spiegò con più dettagli cosa era successo la sera prima.

"Ma nessuno dice perché pensano che sia stato lui a farlo."

"Quel cappotto che è apparso qui è la prova di cui hanno bisogno," disse Freda.

"Qualcun altro avrebbe potuto metterlo lì."

"È quello che ho detto al sergente Snow, la gente fa sempre donazioni sul nostro mucchio di cucito e riparazioni."

"No, non è questo che intendo." Audrey spinse via la sua tazza di te vuota ed il piattino e si alzò. Quello che stava per dire aveva bisogno di avere un impatto "E se qualcuno avesse rubato il cappotto e lo avesse portato qui apposta per implicare il signor Latimer?"

"Ma perché? Arthur non ha un solo nemico. Non c'è nessuno che vorrebbe vederlo rinchiuso per un crimine che non ha commesso."

"Bene, questo è quello che dobbiamo scoprire, non è vero?"

SEI

Stazione di Polizia di Tamarisk Bay

Quando era stata data la notizia per la prima volta, c'erano state molte discussioni. Il parere sulla decisione del governo di rilasciare i prigionieri era diviso. Alcuni si lamentavano del fatto che i criminali dovessero rimanere rinchiusi fino a quando non avessero scontato la pena. Altri non erano d'accordo, dicevano che gli uomini sarebbero stati più utili come soldati, e comunque solo i criminali i cui reati erano relativamente minori dovevano essere liberati prima. Gli assassini dovevano restare in prigione, sempre che non fossero già stati impiccati per i loro crimini.

Le due fazioni opposte non avrebbero mai raggiunto un accordo ed era rimasto argomento di conversazione nei pub, agli angoli delle strade, e fuori dalle chiese dopo la messa della domenica mattina. Le famiglie che potevano accogliere a casa una persona cara alcune settimane o mesi prima della scadenza della loro condanna, facevano mostra dei festeggiamenti. Altri tacevano, sperando che l'ex detenuto potesse rientrare inosservato nella comunità. Poi c'erano le mogli ed i figli che avrebbero preferito che l'uomo di casa fosse restato dietro le sbarre. Sembrava che la polizia fosse più attenta a punire i ladri che quelli che picchiavano le mogli.

Il sergente Snow aveva una sua opinione riguardo al tutto.

Le carceri avevano bisogno di essere svuotate per fare posto. Si parlava di introdurre la pena di morte per i saccheggiatori. Forse era troppo eccessivo, ma bisognava fare qualcosa. Fino ad ora era stato fortunato, la gente di Tamarisk Bay non aveva commesso il tipo di crimini di cui aveva sentito parlare dai colleghi agenti di polizia di alcune città più grandi come Brighton e Londra. Un rapporto che aveva letto descriveva come i saccheggiatori avevano fatto irruzione in un lussuoso bar dopo che era stato bombardato, rovistando tra i morti, alla ricerca di gioielli costosi. Sembrava che avessero persino tagliato le dita delle persone per prendere gli anelli. Se questo era l'andamento dei crimini dovevano essere minacciati di impiccagione, o almeno di ergastolo.

Stava a lui stroncare questo tipo di comportamento sul nascere, prima che perdesse il controllo. Aveva già avuto a che fare con troppi episodi di danno intenzionale e comportamenti delinquenziali. Niente di sorprendente davvero, ora che la città pullulava di giovani evacuati da Londra. La maggior parte di loro non andava a scuola, quindi non avevano niente di meglio da fare che cercare un'occasione per mettersi nei guai. Probabilmente un luogo comune nei ghetti dei centri urbani, ma nella sua città non l'avrebbe sopportato.

Anche se doveva essere il primo ad ammettere che gli ultimi due giorni lo avevano lasciato a disagio. Era importante dare un esempio di chi aveva oltrepassato la linea, ma lui conosceva Arthur Latimer da anni, in effetti loro erano andati a scuola insieme. Come in realtà tutti in Tamarisk Bay, sapevano fin troppo bene quanto Arthur fosse impegnato duramente nel suo lavoro da direttore dell'ARP. E poi c'era Freda. Aveva assunto il ruolo di ufficiale di evacuazione della contea quando nessuno era preparato a farlo. Deve essere un compito ingrato, avere a che fare con bambini piagnucoloni che non volevano essere lì e famiglie che prendevano un'altra bocca da sfamare quando riuscivano a malapena a farcela per loro stessi.

"Tè, signore?" L'arrivo dell'ufficiale di turno Oliver con una tazza in mano ruppe il filo dei suoi pensieri. "Due di zucchero, vero, signore?"

"Non posso giustificare due di zucchero. Dobbiamo avere le stesse razioni di tutti gli altri. Solo perché siamo agenti della legge non significa che possiamo prenderci delle libertà."

Il poliziotto di turno posò la tazza e si ritirò prima che venisse ancora rimproverato. Il sergente Snow era chiaramente di cattivo umore oggi, ma in fine sembrava di cattivo umore ogni giorno. E quanto zucchero avesse nel suo tè era improbabile che addolcisse il suo temperamento.

"Portami quel cappotto," la voce del sergente Snow rimbombò lungo il corridoio prima che l'ufficiale Oliver riuscisse ad allontanarsi dal suo capo scontroso.

"Il cappotto, signore?"

"Imbecille. Se volevo un pappagallo, sarei andato a un negozio di animali."

L'ufficiale di turno non aveva la più pallida idea di che cosa avesse a che fare con i pappagalli, ma non era questo il momento di chiederlo. Pochi minuti dopo tornò con una borsa contenente un cappotto da donna, che aveva autenticato la scorsa notte.

Dopo aver congedato il poliziotto di turno con un gesto della sua mano, il sergente Snow tolse il cappotto dalla borsa delle prove e lo distese sul tavolo. Non era che guardare di nuovo quella cosa benedetta gli avrebbe dato delle risposte. Impronte digitali utili sarebbero state fuori discussione. Tutto quello che sapeva era che il cappotto era scomparso il pomeriggio del bombardamento ed era apparso dove gli era stato detto che sarebbe stato – in casa Latimer.

Ma che dire del resto del bottino? Il vecchio signor Wilson gli aveva detto che c'era un altro cappotto invernale che era scomparso, insieme a due giacche da uomo e un completo. Andarsene via con tutte quelle cose tra le braccia sarebbe stato quasi impossibile, anche nella confusione di un raid aereo. Quindi, o Arthur aveva uno o più complici, o qualcun altro era la mente e gli abiti erano stati sparsi in giro per non attirare l'attenzione. Aveva sperato che andandoci pesantemente con Arthur e Freda, uno di loro avrebbe parlato. Forse erano entrambi ottimi bugiardi, o forse dicevano la verità.

Avevano certamente un movente; Freda chiedeva sempre donazioni, e avrebbe avuto senso che Arthur fosse tentato. Ma

Arthur avrebbe davvero messo a rischio il suo buon nome e la reputazione?

Il sergente Snow scosse la testa. Aveva imparato durante gli anni del suo lavoro che le persone fanno di tutto in un momento di follia. Il testimone gli aveva detto di aver visto Arthur Latimer entrare nel magazzino Wilson attraverso la vetrata rotta, mettere il cappotto in un vecchio sacco e andarsene. Quando il sergente Snow aveva chiesto al testimone perché non avesse affrontato Arthur, non gli aveva dato una risposta soddisfacente. Peter Snow aprì il suo taccuino tascabile e guardò gli appunti che aveva preso in quel momento.

"Non è mio compito catturare i cattivi," era stata la risposta piuttosto strana dell'uomo. In effetti l'intero interrogatorio era stato strano. Aveva avuto quell'impressione in quel momento, ma era stato così ansioso di seguire la pista che non ci aveva pensato più.

Anthony Smith, 1° Old Town Cottages, Tidehaven, era il nome e l'indirizzo che il testimone gli aveva dato. L'ufficiale di polizia gli aveva chiesto perché fosse a Tamarisk Bay.

"Per dare una mano," era stata la sua risposta.

L'intero colloquio era stato uno dei meno riusciti che aveva avuto. Di solito si vantava di fare le domande giuste per far parlare le persone. Se non fosse stato per questa benedetta guerra, ormai avrebbe avuto la possibilità di una promozione. Sarebbe stato un eccellente ispettore investigativo; ne era sicuro. Ma per tutto ciò avrebbe dovuto aspettare finché Hitler non fosse stato finalmente sconfitto.

Sospirò, rimise il cappotto nella borsa delle prove e tornò agli appunti dell'interrogatorio.

"Lei dice di non conoscere il signor Latimer?" aveva chiesto al testimone.

"Vivo a Tidehaven."

"Vedo. Da quanto tempo vive lì?"

"Non sono io il sospettato, vero? Sto solo facendo il mio dovere a denunciare un furto."

"E lei lo ha visto chiaramente prendere il cappotto?"

"L'ho detto, no?"

"Immagino che ci sia stata una bella mischia; le conseguenze di un colpo diretto come quello di solito crea confusione iniziale, la gente cerca di afferrare le proprie cose, preoccupandosi di vedere chi potrebbe essere stato ferito."

"Io l'ho visto prendere il cappotto."

"Ed era sicuramente il direttore dell'ARP?"

"Gliel'ho detto. Ho riconosciuto l'uniforme."

"E da quanto tempo ha detto di vivere a Tidehaven?"

"Non l'ho detto."

A questo punto il sergente Snow aveva perso le staffe, aveva chiesto all'uomo di spiegarsi e di conseguenza il suo unico testimone aveva lasciato la stazione di polizia. Con il personale ridotto non c'era alcuna possibilità di controllarlo, e quando finalmente potette inviare l'ufficiale Oliver all'indirizzo per rintracciarlo, scoprì che non c'era un 1 Old Town Cottages a Tidehaven. L'indirizzo era stata una pura invenzione, e Peter Snow pensò che lo fosse anche gran parte dell'accusa del signor Smith.

Una volta che il signor Smith (se quello era anche il suo vero nome) aveva lasciato la stazione di polizia, il sergente Snow era andato direttamente in Bridge Street, sperando di parlare con qualcuno degli altri che avevano lavorato a fianco di Arthur Latimer per avere la loro opinione sugli eventi. Ma quando arrivò lì, c'era solo il vecchio signor Wilson, che cercava di dare un senso al suo negozio danneggiato, ordinando i vestiti in pile; quelli che erano stati irrevocabilmente danneggiati e quelli che potevano essere salvati semplicemente con una spazzola rigida e una pulitrice a vapore. Fu allora che il signor Wilson gli aveva parlato del numero totale di oggetti mancanti.

Ma c'era qualcos'altro che ronzava nella mente del poliziotto. Mentre si dirigeva verso la casa dei Latimer, si ripeteva la domanda finale che desiderava aver fatto ad Anthony Smith. "E così, signor Smith, lei ha detto che ha riconosciuto la divisa del direttore dell'ARP, ma lei lo ha visto in faccia?"

SETTE

Il Horse and Groom

Quando l'architetto che aveva progettato la creazione di Tamarisk Bay decise di collocare nel cuore della località balneare, il primo pub della città, pensava agli uomini, gli operai edili, che si stavano dando da fare per erigere il primo resort per ricchi londinesi, per la cura delle acque termali, primo nel suo genere, in quella zona della costa meridionale. Gli operai avrebbero avuto così un posto dove rilassarsi e distrarsi dai loro dolori e pene con le pinte ad un costo che si sarebbero potuti permettere con i loro miseri salari.

Questo succedeva nel 1829, ma ora, circa cento anni dopo, il Horse and Groom offriva lo stesso conforto più o meno allo stesso tipo di persone. La differenza ora però era , vista la carenza, che la birra non scorreva altrettanto liberamente.

Il proprietario del pub attendeva, con la stessa ansia dei suoi clienti abituali, il venerdì sera. Da quando la guerra aveva preso piede, Gordon Hamilton aveva dovuto prendere la difficile decisione di aprire solo venerdì, sabato e domenica sera. Non c'era abbastanza birra per durare un'intera settimana. Anche con questi orari ridotti, spesso scopriva che i suoi clienti potevano finire un intero barile in una notte.

Ma un minor numero di serate di apertura voleva dire anche che Gordon aveva troppo tempo libero a disposizione. Con quattro notti da riempire, per non parlare del giorno, si era offerto come vigile del fuoco volontario. Anche se sarebbe stato il primo ad ammettere che temeva di dover affrontare un vero incendio, uno di quelli in cui le persone venivano bruciate vive. Fortunatamente, come volontario part-time, era più probabile che fosse tenuto impegnato a fare attenzione agli incendi che potevano iniziare quando una bomba era caduta o a ripulire il caos che aveva lasciato dietro di sé.

"Perché mai sei andato a iscriverti alla sorveglianza del fuoco, se hai paura del fuoco?" Molly gli aveva chiesto il giorno in cui era tornato dalla compilazione dei moduli.

Era l'unica persona con la quale aveva condiviso le sue paure. Dopo trent'anni di matrimonio non c'era niente che non avesse condiviso con lei.

Poteva avere paura alla vista dei corpi bruciati, ma non aveva paura di mollare un vivace gancio sinistro se qualcuno dei suoi clienti abituali andava fuori controllo. Allenarsi sul ring di boxe locale ogni settimana da adolescente voleva dire che sapeva come difendere sé stesso, il che tornava utile anche nella gestione del pub.

"Ho pensato che queste forti braccia sarebbero tornate utili," le aveva detto, prendendola in braccio e facendola girare.

"Mettimi giù, non fare lo sciocco."

Questo era mesi prima. Ora, dato che Molly era malata quasi tutti i giorni, aveva dovuto dire loro che non poteva essere più disponibile per i vigili del fuoco.

Si preparò ad aprire la porta. Sapeva che ci sarebbe stata una coda fuori e poteva fare una ragionevole ipotesi su chi sarebbe stato il primo della fila. Mitch McDonald entrava nell'Horse and Groom da quando era abbastanza grande da bere la sua prima pinta e forse anche da prima. Il predecessore chiudeva un occhio ai giovani che si bevevano un bicchiere di birra, a condizione che fossero accompagnati dal padre e non avessero dato seccature.

Quando Gordon aveva rilevato il locale, non aveva fatto troppi cambiamenti; alla gente del luogo piaceva che le cose andassero allo stesso modo e lui non aveva intenzione di turbarli. Molly aveva le sue idee, ovviamente, volendo abbellire il posto, ma un pub non doveva essere lussuoso, tutto ciò che gli uomini volevano era bere una o due pinte in compagnia congeniale, magari fare una partita a scaletta o a domino. Gordon aveva trovato alcuni vecchi disegni del luogo quando era una pensione ed una locanda oltre che un pub. Incorniciare i disegni e appenderli alle pareti del pub fu il massimo che fece per soddisfare l'idea di sua moglie di migliorare le cose.

I colpi sulla porta lo riportarono al momento. Controllò il suo orologio e tirò indietro i catenacci, per consentire alla pesante porta di aprirsi.

"Buonasera ragazzi." Gli passarono davanti, dandogli pacche sulla spalla a mo' di saluto.

Dato che lui e Molly non avevano mai avuto la benedizione di avere figli, i suoi clienti abituali erano la sua famiglia.

"Dov'è la tua adorabile signora, Gordon? Sai preferiremmo guardarla mentre riempie le nostre pinte piuttosto che dover guardare il tuo brutto muso." Mitch McDonald si avvicinò zoppicando al suo solito sgabello del bar e vi si sistemò sopra, lasciando le sue stampelle appoggiate al bancone. Gordon aveva sentito il racconto da altri così tante volte e ogni volta la storia veniva ingrandita. Ma da come aveva capito, Mitch aveva perso una gamba nella battaglia di Somme e a fronte di questo aveva ricevuto una medaglia al coraggio. Ma Mitch non ne parlava mai e tutti sapevano di non dover fare domande.

"Non sta ancora troppo bene, a dire il vero." Gordon versò la birra agli uomini che stavano al bancone.

"Mi dispiace sentirlo. Nulla di serio?"

La verità era che Molly non stava bene da un po'. Gordon voleva che il dottore la visitasse, ma lei si era rifiutata. "Non alzare un polverone." Era tutto quello che continuava a dirgli. Ma la tosse notturna stava peggiorando e se lei non si fosse ripresa presto, lui avrebbe comunque chiamato il dottore.

Il pub si stava riempiendo adesso, con le due code al bar. Un altro paio di mani per aiutare sarebbe stato utile, ma non poteva permettersi un salario e la maggioranza dei clienti era felice di aspettare.

La gran parte dello spazio era stata occupata dai tavoli e le sedie di legno grezzo dove ai vecchi clienti piaceva sedersi, sorseggiando i loro bicchieri di birra scura. Gli altri si aggiravano vicino al bancone, ansiosi di farsi riempire i boccali appena li avevano svuotati.

Dopo un'ora o giù di lì l'atmosfera si era stabilizzata. Gordon si muoveva tra i tavoli, raccogliendo bicchieri vuoti ed ascoltando alcune conversazioni. Inevitabilmente la maggior parte delle chiacchiere riguardavano le recenti ondate di bombardamenti.

"Hai visto che macello hanno fatto a Bridge Street?" Wilfred era un altro vecchio soldato che pensava che i suoi sforzi nella Grande Guerra avrebbero fatto sì che non ci fossero più stati combattimenti. "Non pensi che i tedeschi hanno avuto la meglio la prima volta, vero? Se pensano di batterci questa volta con le loro buffonate, possono ricredersi."

"Proprio quello di cui ha bisogno questo paese, una bella scossa. Ben fatto, Hitler, è quello che dico." La voce proveniva dall'altro lato del pub e diverse persone si girarono a guardare l'oratore. Gordon si spostò al tavolo dell'uomo per dare un'occhiata più da vicino. Non era un habitué, anzi, era certo di non averlo mai visto prima al pub. I suoi tratti scuri, le lunghe basette e le sopracciglia cespugliose lo rendevano abbastanza caratteristico da ricordare.

"Penso che sia giusto che le case della gente vengano bombardate, non è vero?" Wilfred si alzò, spingendo indietro la sedia con una forza tale da urtare l'uomo seduto al tavolo adiacente.

"Stai attento."

Molti dei clienti abituali si erano alzati in piedi e Gordon poteva vedere come un disaccordo alimentato dall'eccesso di alcol potesse degenerare rapidamente.

"Calmatevi, ragazzi. La gente è venuta qui per un bel drink tranquillo. È meglio non lasciare che gli animi si inaspriscano."

Tornò dietro il bancone, tenendo d'occhio lo sconosciuto e ascoltando le voci alzate che potevano creare guai. Controllando il suo orologio, uscì dal retro ed aprì l'ingresso laterale. Tutti sapevano che alla polizia locale piaceva scivolare dentro per una pinta veloce verso la fine della serata. Sapevano anche che al sergente Snow piaceva mantenere un profilo basso, andando in bicicletta dalla stazione e lasciando la sua bici nascosta nel campo vicino. Quello che non riuscivano a capire era perché Peter Snow voleva tenere così segreta la sua abitudine di bere.

"Dillo di nuovo." Wilfred alzò la voce catturando l'attenzione di Gordon. Wilfred si era spostato per mettersi direttamente di fronte allo sconosciuto, con un pugno alzato. "Non sei il benvenuto qui, perché non prendi l'occasione di andartene prima che io perda le staffe."

Lo sconosciuto era di qualche centimetro più alto di Wilfred e sembrava in grado di potersi difendere, se si fosse scatenata una rissa.

"Dici di essere in una comunità affiatata? Guardati, siete tutti pronti a credere il peggio di qualcuno che conoscete da sempre."

Tutto il resto delle persone presenti nel pub smisero di parlare ed ora tutti gli occhi erano puntati sullo straniero e Wilfred.

"Che ne sai di questo? Non abiti nemmeno da queste parti. Perché non te ne torni da dove sei venuto?"

"È troppo spaventato per mostrare la sua faccia, vero? Immagino che questo significhi che è colpevole."

"Non siamo interessati a quello che pensi, o a qualsiasi altra cosa che esca dalla tua bocca per questo fatto. Arthur è uno di noi."

Prima di quel momento il nome di Arthur Latimer non era stato fatto nel pub. Il suo boccale sarebbe rimasto vuoto finché il suo nome non fosse stato riabilitato. Un uomo come Arthur non avrebbe mai potuto essere un ladro, ma schierarsi o farsi coinvolgere non pagava. Meglio lasciare che la polizia facesse il suo lavoro.

"Tu lo andrai a trovare in prigione, allora vero?" Lo sconosciuto disse l'ultima parola, poco prima che Wilfred tirasse il primo pugno.

Le grida di Molly da sopra le scale non furono ascoltate da Gordon perché stava andando a cercare di placare sul nascere una rissa che avrebbe distrutto diverse sedie e troppi bicchieri.

Nello stesso momento il Sergente Snow aprì la porta laterale trovandosi di fronte la scena. Dimenticando ogni possibilità di bere una birra tranquilla, si fece strada tra Wilfred e lo sconosciuto bruno, abbassandosi rapidamente per evitare un potenziale gancio sinistro.

"Basta. Continuate e vi arresterò entrambi."

Gordon iniziò a raccogliere le sedie mentre il resto dei clienti tornava al loro drink. Non avevano visto niente. Nessuno voleva essere coinvolto negli interrogatori della polizia nelle dichiarazioni di testimoni.

Il sergente tirò da una parte lo sconosciuto, tenendogli una mano ferma sulla spalla, nonostante le proteste dell'uomo. "Signor Smith. Due volte nell'arco di due giorni."

"Mi stavo solo difendendo," disse Anthony Smith, con un sorrisetto sul volto, sfidando chiunque a non essere d'accordo.

"Non sono interessato a chi ha iniziato, ma sono interessato al suo indirizzo. Sembra che lei ieri mi abbia dato un indirizzo falso. Saprà che è un reato mentire alla polizia."

OTTO

ANTHONY SMITH

QUANDO ANTHONY AVEVA SENTITO per la prima volta le voci sul suo rilascio anticipato, non ci aveva creduto. Era tutto ciò di cui i suoi compagni in prigione parlavano, ma all'inizio i secondini non vollero confermare i pettegolezzi. Quindi, con una sola settimana di preavviso, il direttore della prigione aveva annunciato che tutti i prigionieri che avevano solo tre mesi o meno da scontare sarebbero stati rilasciati presto. Forse speravano che tutti gli ex detenuti si sarebbero arruolati, o avevano bisogno di spazio per riempire le prigioni con nuovi criminali individuati. A chi importava? Se Anthony avesse potuto incontrare Hitler, gli avrebbe stretto la mano.

Aveva passato tutto il suo tempo in prigione a protestare la sua innocenza. La sentenza era stata eccessivamente dura, ma senza i soldi per costosi avvocati non aveva mai avuto una possibilità. Alla fine, sebbene fossero stati il giudice e la giuria a pronunciare il verdetto di colpevolezza, c'era solo una persona da incolpare per la sua incarcerazione. C'era stato un solo testimone, ma la sua testimonianza aveva convinto tutti loro. Adesso era il momento di ripagarlo.

Il giorno della sua liberazione gli furono restituiti i suoi pochi miseri averi; un portafoglio senza soldi, solo una foto di sua moglie e di suo figlio e i vestiti che indossava il giorno del suo arresto, che ora gli pendevano addosso come se appartenessero a qualcun altro. Il cibo della prigione non incoraggiava esattamente un forte appetito.

Poteva essere qualche chilo più leggero, ma poteva comunque cavarsela. In ogni scontro che aveva avuto con altri prigionieri aveva avuto sempre la meglio. Dopo i primi pugni sapevano che si dovevano tenere alla larga. Anthony non era il tipo di farsi degli amici.

Non ci sarebbe stato nessuno ad aspettarlo fuori mentre varcava i cancelli della prigione. Aveva ricevuto solo una visita da sua moglie in tutto il tempo che era stato dentro. Era rimasta a malapena dieci minuti, annunciandogli che non l'avrebbe più rivista. Si stava trasferendo e non aveva intenzione di dirgli dove. Quando le aveva chiesto di suo figlio, lei gli aveva detto che si era arruolato nell'esercito.

"Mi verrà a trovare prima di andare?"

"È già andato, Non vuole avere niente a che fare con te. E quando uscirai, faresti bene a non cercarci entrambi."

Quella parte della sua vita era finita e benedetta liberazione. La moglie si era occupata fin troppo del ragazzo, lo aveva reso debole. Meglio non avere figli che uno senza fegato.

Senza soldi e senza un posto dove andare, Anthony non sapeva cosa fare. Aveva sentito storie sul modo in cui la vita fuori era cambiata dallo scoppio della guerra. Gli sembrava che ci fossero più opportunità che mai per fare qualche soldo o due. E se le autorità si aspettavano che si arruolasse, ci potevano ripensare. Poteva sembrare forte ed in salute, ma se avesse avuto bisogno di sviluppare un disturbo o due e convincere un dottore che non era 'un uomo sano', allora lo avrebbe fatto. Ne aveva avuto abbastanza di essere comandato durante il suo tempo in prigione, ora era giunto il momento per Anthony di dettare legge.

Per le prime due notti aveva dormito in un vecchio capannone alla periferia della città. Conosceva Tamarisk Bay abbastanza bene da ricordare l'area che era stata divisa in orti. Alcuni degli orti più grandi avevano un capannone e, a condizione che si tenesse fuori dai piedi durante il giorno, poteva intrufolarsi lì di notte indisturbato e andarsene la mattina presto.

La prima volta che le sirene antiaereo avevano suonato, aveva desiderato per un momento di essere di nuovo in prigione. Stare fuori lo faceva sentire vulnerabile, una sensazione che non andava d'accordo con Anthony; una sensazione che non aveva provato prima.

Era sul lungomare quando era iniziato il suono. Osservò che tutti intorno a lui si muovevano in una direzione. Erano diretti verso la salvezza; ne era sicuro. Li seguì in un riparo in superfice in Caves Road. Alcuni dei volti gli erano familiari, ma non aveva paura di essere riconosciuto. Prima della sua prigionia aveva vissuto alla periferia della città, non volendo mai immischiarsi nella comunità. Più facile mantenere un basso profilo, quando nessuno ti conosceva era più facile fare i propri affari.

All'interno del rifugio anti-raid poche persone parlavano, alcune avevano il capo chino in quella che sembrava essere una silenziosa preghiera. Tempo sprecato, secondo Anthony. Non c'era motivo di sperare che Dio ti aiutasse, era più importante aiutarsi da solo.

Scrutò i volti della ventina di persone intorno a lui, cercando il volto dell'unica persona che si era imposto di rintracciare. Lo avrebbe trovato; ne era certo. E quando lo avrebbe trovato, lo avrebbe seguito, avrebbe scoperto dove viveva e poi avrebbe pianificato la sua vendetta.

Nei due giorni successivi aveva vagabondato per Tamarisk Bay. Il cibo era difficile da trovare, ma non si poneva il problema, aveva imparato con le mani il gioco di prestigio con il quale rubava un panino qua e là.

Fu il terzo giorno dopo il suo rilascio che lo vide. Si pavoneggiava nella sua uniforme dell'ARP come se fosse il padrone della città, con il suo atteggiamento arrogante, facendo finta di essere migliore degli altri. Anthony sorrise. Avrebbe avuto un grande piacere nel ridimensionare Arthur Latimer.

Se Latimer non avesse ficcato il naso quel giorno della rapina, Anthony l'avrebbe fatta franca. Ne era certo.

Stava controllando la gioielleria da settimane; sapeva esattamente quando ci sarebbero stati molti contanti in cassa. Inutile rubare i gioielli, sarebbe stato troppo difficile riciclarli senza che fossero state fatte troppe domande. Ma un gioielliere aveva un bel carico di incassi settimanali, meglio di un misero giornalaio che era stato il suo obiettivo originale.

Aveva aspettato fino alle dieci di quel venerdì sera. Nessuno sarebbe stato in giro. La gente era a casa o al pub. Con la minaccia incombente della guerra, le autorità avevano pubblicato un volantino che forniva indicazioni sull'importanza che le persone oscurassero le finestre. All'epoca non ne avevano fatto una legge, ma la gente aveva iniziato a seguire i consigli. Non appena era scesa la notte le strade erano deserte, era perfetto per Anthony. Aveva camminato lungo Queens Street così tante volte durante il giorno, provando i suoi passi. Conosceva ogni selciato rialzato, ogni bidone della spazzatura e cassetta della posta; probabilmente poteva farlo alla cieca.

Si vestì di nero dalla testa ai piedi, si coprì il viso con un passamontagna e prese la sua borsa degli attrezzi con tutto ciò che gli occorreva per forzare l'ingresso. Sapeva che gli sarebbero bastati pochi minuti per smontare la serratura; quello era il modo migliore, nessun rumore, nessun chiasso.

Quello a cui non aveva pensato era stato Arthur Latimer. Latimer aveva già assunto l'incarico di direttore dell'ARP ed essendo impegnato come era lui aveva preso il lavoro un po' troppo sul serio, bussando alle porte, ricordando alla gente che visto che la Gran Bretagna era in guerra, allora anche una scheggia di luce sarebbe stata sufficiente per avvertire il nemico.

Non appena Anthony uscì dal negozio, con i soldi nella sua borsa degli attrezzi, si imbatté in Arthur. Ci fu una colluttazione, Arthur aveva afferrato Anthony, costringendolo a togliersi il passamontagna. Non ci volle molto perché la polizia lo rintracciasse, lo identificasse e con Arthur Latimer che era un cittadino onesto, nessuno dubitò della sua testimonianza. Ora poteva vendicarsi.

Anthony aveva elaborato il suo piano. Tutto quello che doveva fare era seguire il direttore e cogliere l'attimo. All'indomani di un bombardamento Arthur sarebbe stato tenuto occupato. Anthony poteva rubare qualcosa inosservato. Poi lo avrebbe portato a casa dei Latimer. Quella era la parte più difficile del piano, portare la merce in casa senza che nessuno lo notasse.

Quindi, quel giovedì sera, quando tutte le stelle si erano allineate, Anthony Smith rimase a guardare e non riusciva davvero a credere alla sua fortuna. Forse c'era un Dio dopotutto.

NOVE

LE CONSEGUENZE

QUANDO IL SIGNOR LATIMER raccontò ad Audrey del giorno in cui aveva catturato un ladro, tutto improvvisamente ebbe un senso. Fu così eccitata che balzò in piedi battendo sul tavolo, rovesciando il tè di tutti.

"È per questo allora," disse. "Come si chiamava quest'uomo?"

"Anthony Smith," confermò Freda.

"Questo signor Smith è uscito di prigione e vuole vendicarsi. Ti ha seguito, ha rubato il cappotto e l'ha messo in casa tua e poi è andato a dire al sergente Snow che il ladro sei tu."

Arthur non disse molto, di questo Audrey era delusa poiché si sentiva piuttosto soddisfatta dei suoi poteri di deduzione.

"Dobbiamo andare dal sergente Snow ora e dirglielo?"

Né Arthur né Freda sembravano troppo entusiasti. "Meglio che lasci fare a noi per risolvere," dissero all'unisono.

Così Audrey tornò a casa sentendosi piuttosto depressa. C'era solo una cosa che poteva farla rallegrare ed era vedere John. Ma era un rischio. Se ci fosse stata un'espressione di disprezzo nei suoi occhi vedendo il suo viso per la prima volta, allora si sarebbe sentita peggio di adesso.

Aveva corso il rischio e la cosa aveva dato i suoi frutti. La sua vista era stata completamente ripristinata e ora che le bende erano state rimosse dal suo viso tutto ciò che lei poteva fare era guardare ogni centimetro del suo volto; la cicatrice vicino all'occhio sinistro, la fossetta sul suo mento quando sorrideva. E sembrava che il suo sorriso fosse più ampio che mai, come se non fosse preoccupato per la sua pelle imperfetta o per il suo aspetto come ragazza. Era così intenta a fissarlo che si era dimenticata di chiedergli se avesse avuto un'altra risposta da sua madre. Quando glielo chiese, desiderò di non averlo fatto, poiché il suo viso si accigliò.

"Pensa che mio padre sia stato rilasciato."

"Rilasciato?" Quando pose la domanda, diversi pezzi del puzzle andarono a posto. "È stato in prigione?"

Questa era la ragione delle cattive insinuazioni di William Harris. John era figlio di un detenuto.

"Che crimine ha commesso?"

"Ha fatto la carriera da ladro. Quello e andare giù pesante con le mani su mia madre ogni volta che beveva una pinta di troppo."

Audrey non sapeva cosa dire.

"E' per questo che mia madre si è trasferita a Brighton, per allontanarsi da lui."

"L'hai visto? È venuto a trovarti in ospedale?"

John scosse la testa. "Non poteva sapere che ero qui, grazie a Dio. Non voglio niente a che fare con lui. Mamma ed io abbiamo persino cambiato il nostro cognome per assicurarci che non potesse trovarci."

"Quale era il tuo cognome prima?" Aveva la sensazione di conoscere la risposta prima che lui la dicesse. "Era Smith, vero?"

John ascoltò mentre Audrey raccontava i recenti eventi, spiegando come aveva aiutato a riabilitare il nome di un amico e così facendo aveva probabilmente visto il padre di John - lo sconosciuto bruno che le aveva parlato rudemente in Bridge Street.

"Sembra proprio il genere di cosa malvagia che lui farebbe."

"Tuo padre ha bisogno di essere rinchiuso nuovamente. Speriamo che il sergente Snow faccia le cose giuste ora."

Peter Snow voleva fare la cosa giusta, ma al momento gli appariva difficile valutare cosa fosse 'giusto'. Sin dalla prima volta che aveva visto il testimone, qualcosa lo tormentava. Aveva passato un po' di tempo a frugare tra i file nel seminterrato della stazione di polizia. Aveva rintracciato il fascicolo della polizia sul signor Anthony Smith ed aveva capito esattamente quale era il motivo delle sue accuse. Il sergente Snow era stato distaccato alla stazione di polizia di Brightport quando Anthony Smith era stato arrestato e ritenuto colpevole, ma leggendo dal fascicolo, era chiaro che si trattava di una vendetta. Chiunque poteva vedere che Arthur Latimer non era un ladro e con solo la parola di un ex detenuto per procedere qualsiasi giudice avrebbe rigettato la causa.

Per di più il sergente Snow era abbastanza certo che il vecchio signor Wilson fosse confuso su quanti capi di abbigliamento fossero mancati quella notte. È probabile che fosse solo quel cappotto, quello che ora era convinto che Anthony Smith avesse rubato e messo nella casa di Latimer nel tentativo di incastrare Arthur. Desiderava solo poter trovare un modo per dimostrarlo, o almeno provare qualcos'altro che poteva attribuire ad Anthony Smith per giustificare il suo ritorno in prigione, che era chiaramente il luogo a cui apparteneva.

La rissa al Horse and Groom non era sufficiente per accusarlo, né lo era il fatto che aveva dato un indirizzo falso. I tribunali erano troppo occupati con l'aumento della criminalità grave dallo scoppio della guerra per perdere il loro tempo per piccole violazioni della legge.

Tutto ciò che il sergente poteva fare era lanciare un severo avvertimento all'ex detenuto, suggerendogli di trasferirsi il più lontano possibile da Tamarisk Bay. "Tu non sei il benvenuto qui intorno," gli disse.

"Non si preoccupi, ho fatto quello per cui ero venuto qui," fu la sua unica risposta.

L'amore della comunità poteva aver vacillato per un breve periodo, ma una settimana dopo, all'Horse and Groom i clienti abituali diedero il benvenuto ad Arthur Latimer di nuovo nella cerchia. Gordon gli disse che il primo boccale era 'offerto dalla casa'. Se Anthony Smith aveva cercato di rovinare la reputazione di Arthur non ci era riuscito.

Nonostante i suoi occhi fossero pieni di sonno e il suo stomaco pieno di birra, Arthur sapeva che non sarebbe stato in grado di riposare. Il sonno tranquillo non sarebbe stato di nuovo suo per molto tempo, tutto quello che aveva fatto nell'ultima settimana l'aveva fatto con le migliori intenzioni, o forse nessuna vera intenzione, solo un momento di debolezza. Aveva preso un cappotto che giaceva lì, un'opportunità, aveva pensato a sua moglie ed ai suoi infiniti tentativi di accontentarsi.

Arrangiarsi era tutto ciò che erano stati in grado di fare anche prima dell'inizio della guerra. Una sfida continua per far fronte alle mancanze, razionamento del cibo, razionamento della benzina, poco o niente carbone per mantenere acceso il fuoco, anche assetati di luce dopo l'inizio dell'oscuramento di un anno fa.

Invece, tutto ciò che aveva fatto era abbassarsi al comportamento del suo accusatore. L'uomo che era stato così orgoglioso di aver colto in flagrante aveva colto al volo la sua possibilità di vendetta.

L'unica cosa che aveva salvato Arthur era stata la vita che aveva sempre speso facendo del bene, fino a quel giovedì di una settimana prima quando lui aveva commesso un crimine. Un crimine per il quale non sarebbe mai stato punito, eccetto la punizione che si sarebbe imposto lui stesso, quella notte e tutte le notti, disteso fissava il soffitto mentre sua moglie dormiva profondamente.

CRIMINI NEL SUSSEX

Le storie di *Crimini nel Sussex* sono concentrate nell'immaginaria cittadina balneare di Tamarisk Bay.

Ad oggi la serie è composta da tre romanzi, ambientati alla fine degli anni '60, con la giovane bibliotecaria investigatrice dilettante, Janie Juke, che risolve crimini e misteri.

In questa, seconda nella serie di novelle di Crimini nel Sussex incontriamo, molti anni prima, alcuni dei personaggi che appaiono nei romanzi.

Sempre concentrandosi su Tamarisk Bay, queste novelle sono ambientate durante gli anni della seconda guerra mondiale. Il primo racconto si intitola, *Divisi si Perde,* dove apprendiamo le gesta del padre di Janie, Philip, che è solo un ragazzo quando si svolge la storia.

In *Oltre le Ceneri,* incontriamo l'insegnante Phyllis Frobisher e sua figlia Audrey. Incontreremo di nuovo questi personaggi nei romanzi di Crimini nel Sussex. Phyllis è un grande supporto per Janie Juke e, la figlia di Audrey, Libby è una giornalista investigativa con il gusto per l'avventura, alla quale piace scorrazzare per Tamarisk Bay con la sua amica Janie Juke, cercando gli indizi ed aiutandola a risolvere i misteri.

Se desideri leggere di più riguardo l'intero cast dei personaggi, cerca i romanzi della intera serie:

GRAZIE

Devo molto al sito della BBC, WW2 People's War, per gran parte della mia ricerca sulla vita durante la Seconda guerra mondiale. Questa risorsa completa raccoglie migliaia di resoconti in prima battuta della vita di allora. Ho approfondito le esperienze di così tante persone coraggiose che hanno dovuto trovare un nuovo modo di vivere, sia stimolante che umiliante per la lunga durata della guerra. Raccomando questo sito a chiunque sia interessato a questo periodo cruciale della storia.

La maggior parte degli autori sarà d'accordo sul fatto che la scrittura può essere un'attività solitaria. Quindi mi considero molto fortunata ad avere l'incoraggiamento ed il sostegno di alcune persone meravigliose. I miei brillanti compagni di scrittura, Chris e Sarah, e mio fratello David, che continuano ad offrirmi non solo critiche inestimabili, ma anche l'ispirazione per andare avanti. Un sentito ringraziamento va a tutta la famiglia ed agli amici troppo numerosi per essere elencati qui. Sono grata a tutti quanti. Anche, voglio dire mille grazie ad Anna e Loretana per tutte le ore che hanno passato nel tradurre questo libro. Voglio anche dire grazie a Brian che ha letto il libro in italiano per essere sicuro che non abbiamo fatto errori.

E, nelle parole di una delle mie canzoni preferite, il mio amore e grazie a mio marito, Al, che è 'il vento sotto le mie ali.'

RIGUARDO L'AUTRICE

Isabella Muir è affascinata dal passato, esplora com'era la vita per le famiglie che vivevano nei decenni dagli anni '30 agli anni '70. È autrice di due serie di gialli, entrambi ambientati nel Sussex, nelle epoche iconiche degli anni '60 e '70, nonché di diversi racconti ambientati durante la Seconda Guerra Mondiale. La ricerca su tutti gli aspetti della vita familiare nei decenni passati ha costituito il trampolino di lancio perfetto per le sue opere di narrativa. Isabella ha riscoperto il suo amore per la scrittura narrativa durante due anni felici lavorando e completando il suo Master in Scrittura Professionale e, da allora ha pubblicato sette romanzi, sei novelle e due raccolte di racconti.

La prima serie dei Misteri nel Sussex ha come protagonista la giovane bibliotecaria e investigatrice dilettante, Janie Juke. Ambientato alla fine degli anni '60 nell'immaginaria cittadina balneare di Tamarisk Bay, incontriamo Janie, che si occupa della biblioteca mobile. È un'amante appassionata delle storie di Agatha Christie - in particolare di Hercule Poirot – utilizzando, tutto ciò che ha imparato dalla Regina del Crimine, per aiutare a risolvere crimini e misteri. Oltre a quattro romanzi: *La Borsa Ricamata, Oggetti Smarriti, Il Caso Invisibile,* e *Una Notevole Omissione,* ci sono sei novelle nella serie, che esplorano alcuni dei retroscena dei personaggi di Tamarisk Bay: *Divisi si Perde, Oltre le Ceneri, Scelte, Aspettando che Risplenda il sole, La Mietitura* e *Mai Abbastanza.*

L'ambientazione della serie di misteri di Janie Juke è basata sull'area in cui Isabella è nata ed ha vissuto gran parte della sua vita. Quando pensa a Tamarisk Bay immagina la sua città natale, St Leonards-on-Sea, nell'East Sussex ed i suoi dintorni.

I suoi romanzi, *Oltrepassare la Linea* e *Dopo la Tempesta* fanno parte di una seconda serie di Crimini nel Sussex, protagonista il detective italiano in pensione Giuseppe Bianchi.

Il romanzo singolo di Isabella, *The Forgotten Children*, affronta il tema emotivo dei bambini migranti mandati in Australia, - concentrandosi nuovamente sulla vita familiare negli anni '60, quando la politica sui bambini migranti era ancora in vigore.

Scopri di più: www.isabellamuir.com

DELLA STESSA AUTRICE

MISTERI DI GIUSEPPE BIANCHI
Protagonista un detective italiano in pensione – Giuseppe Bianchi
  VOLUME 1: OLTREPASSARE LA LINEA*
  VOLUME 2: DOPO LA TEMPESTA*

MISTERI DI JANIE JUKE
Protagonista una giovane bibliotecaria e investigatrice dilettante - Janie Juke
  VOLUME 1: LA BORSA RICAMATA*
  VOLUME 2: OGGETTI SMARRITI*
  VOLUME 3: IL CASO INVISIBILE*
  VOLUME 4: UNA NOTEVOLE OMISSIONE

RACCONTI DI MISTERI NEL SUSSEX
La vita in tempo di guerra in Tamarisk Bay
DIVISI SI PERDE
OLTRE LE CENERI
SCELTE

LA MIETITURA
ASPETTANDO CHE RISPLENDA IL SOLE
MAI ABBASTANZA

LIBRI INGLESE DELLA STESSA AUTRICE

GIUSEPPE BIANCHI MISTERIES
Featuring retired Italian detective - Giuseppe Bianchi
BOOK 1: CROSSING THE LINE**
BOOK 2: AFTER THE STORM**

JANIE JUKE MYSTERIES
Featuring young librarian and amateur sleuth - Janie Juke
BOOK 1: THE TAPESTRY BAG**
BOOK 2: LOST PROPERTY**
BOOK 3: THE INVISIBLE CASE**
BOOK 4: A NOTABLE OMISSION

THE SUSSEX CRIME MYSTERIES
A Janie Juke trilogy - box set

SUSSEX MYSTERY NOVELLAS
Featuring characters from the Janie Juke novels
DIVIDED WE FALL
MORE THAN ASHES
WAITING FOR SUNSHINE
THE HARVEST

CHOICES
NEVER ENOUGH

THE FORGOTTEN CHILDREN**
A story about a mother's search for her child

THE BIRDSONG OF MICHAEL GREY
A compilation of short stories

IVORY VELLUM
An anthology of short stories

***Tutti i volumi sono disponibili anche in lingua originale - inglese**
****Disponibile in audiobook solo lingua originale – inglese**

www.isabellamuir.com